KB132755

교과서 속

세계 명작

피노키오

교과서 속
세계 명작
피노키오

1판 1쇄 2014년 5월 10일
1판 2쇄 2020년 10월 30일

원작 카를로 콜로디
글 책글놀이
그림 에스더

펴낸이 조영진
펴낸곳 고래가숨쉬는도서관
출판등록 제406-2012-000082호
주소 경기도 파주시 회동길 329(서패동) 2층
전화 031-955-9680 **팩스** 031-955-9682
이메일 goraebook@naver.com

ISBN 978-89-97165-67-4 64800
ISBN 978-89-97165-60-5 64800(세트)

교과서 속
세계 명작

피노키오

원작 카를로 콜로디
글 책글놀이 그림 에스더

고래가숨쉬는
도서관

양난영 선생님이 콕콕 짚어 주는 독서 활동

책 읽는 것은 재밌는데 독후감 쓰기는 싫은 친구는 없나요? 분명 있을 거예요. 그런데 어른들은 책을 읽고 나면 꼭 느낌을 물어보고, 독후감 쓰기를 강요하지요. 왜 그러냐고요? 독서만큼이나 '쓰기'도 중요하거든요. 쓰기는 반드시 훈련이 필요하답니다. 아무리 책을 많이 읽어도, 말을 잘 해도, 쓰기 훈련이 되어 있지 않으면 마음먹은 대로 글을 쓸 수가 없어요. 이제부터 차근차근 독후감 쓰기 연습을 해 보아요.

■ 독서 전 활동 **두근두근, 어떤 이야기가 펼쳐질까?**

예를 들어 오늘 읽을 책으로 '레 미제라블'을 고른다면 무슨 생각부터 할까요? '레 미제라블'이 도대체 무슨 뜻일까, 지은이는 누구일까, 어떤 이야기일까, 이것저것 궁금하지 않을까요? 그래요. 책 읽기는 이러한 궁금증부터 시작한답니다. 그런 뒤 다음의 활동들이 따라요.

- 책 제목과 표지 그림을 보고 어떤 이야기가 펼쳐질지 상상해 보아요.
- 책 표지와 뒤표지에 있는 글을 읽은 다음, 차례도 순서대로 읽어 보아요.
- 책을 펼쳐 그림만 쭉 보면서 책 내용을 상상해 보아요.

엄마 가이드 글을 잘 쓰기 위한 가장 중요한 비법은 무엇일까요? 막상 책을 덮고 글을 쓰려고 하면 아무런 생각도 나지 않은 경험이 있지요? 우리 어린이들도 마찬가지랍니다. 따라서 다양한 방법으로 독서 전에 흥미와 관심을 유발시켜 주세요. 과학책이나 역사책 등 지식 정보 책을 읽기 싫어하면 관심 있는 주제부터 먼저 읽도록 권해 주세요.

■ 독서 중 활동 **재밌는 곳은 포스트잇을 빵빵!**

책을 읽다가 재미난 장면이나 감동 깊은 장면이 있다면 포스트잇을 빵 붙여요. 중요한 장면에도 포스트잇을 빵 붙여요. 한 번 읽었다고 해서 휙 던져 버릴 것이 아니라 이렇게 저렇게 훑어보고 이야기를 하다 보면 자연스럽게 느낀 점도 말하기 쉽고 글감도 형성된답니다.

- 재미있는 장면이나 중요한 장면이 나올 때마다 포스트잇을 붙여요.

- 두 번째 읽을 때는 포스트잇이 붙어 있는 부분만 골라서 내용을 엮어 보아요.
- 그중 인상 깊은 장면을 세 가지 정도 골라 보아요.
- 감동을 받거나 새롭게 알게 된 사실 등은 다른 색깔로 포스트잇을 붙여요.

■ 독서 후 활동 **다양한 활동으로 기억 남기기**

- 명장면을 따라 그려요.
- 순서대로 중요 장면을 몇 장면 정해서 그리거나 글로 써 보아요.
- 등장인물을 그림으로 그리고 소개해요(옷, 신분, 나이, 대사 등).
- 마음에 드는 구절을 옮겨 써 보고, 내 생각도 덧붙여 보아요.
- 주인공에게 위로의 편지를 써 보아요.
- 다른 사람에게 읽은 책을 추천하고 그 이유도 세 가지 정도 써 보아요.
- 마인드 맵으로 이야기의 소재나 주제를 소개해요.
- 상상력을 펼쳐 뒷이야기를 써 보아요.
- 주인공을 내 이름으로 바꿔 새로운 이야기를 엮어 보아요.
- 주인공이나 줄거리, 배경 등이 비슷한 책을 함께 소개해요.

■ 세계 명작을 읽으며 글쓰기 실력 쑥쑥 늘려요!

오랜 시간 동안 세계 여러 나라 사람들에게 사랑받아 온 세계 명작에는 시대와 나라를 뛰어 넘는 인류의 보편적 가치관과 철학이 담겨 있어요. 우리 조상들의 지혜가 담겨 있는 우리고전과 마찬가지로 세계 명작을 통해 우리 어린이들은 어려움을 이겨 내는 용기와 서로 돕는 아름다운 마음씨, 다른 사람에 대한 배려와 예의 등을 자연스럽게 익힐 수 있지요. 세계 명작 속 등장인물이 되어 이야기를 따라가다 보면 읽는 즐거움은 물론 집중력과 상상력까지 길러 준답니다. 세계 명작의 줄거리를 파악하고, 그 안에 담긴 주제의식이나 우리와는 다른 여러 나라의 생활과 풍습, 문화 등에 대해 생각해 보고 독후감 쓰기를 하다 보면 글쓰기 실력도 쑥쑥 늘어날 거예요.

차례

피노키오

제페토 할아버지의 새 작품

이탈리아의 한 마을에 제페토라는 할아버지가 살았어요. 제페토 할아버지는 나무로 무엇이든 뚝딱뚝딱 만들어 내는 목수였어요. 얼마나 솜씨가 좋은지, 늘 일감이 많았어요. 그래서 제페토 할아버지는 손을 놓고 있을 틈도 없이 바빴어요.

어느 날 할아버지는 길가에서 나무토막 하나를 주웠어요.

"땔감으로 쓸까? 아! 잘 두었다가 부러진 책상 다리를 고쳐도 되겠어!"

제페토 할아버지는 나무토막을 들고 집으로 돌아왔어요. 그리고 여느 때처럼 혼자 저녁을 먹었어요.

낮에 먹다 남은 딱딱한 빵을 입에 넣고 우물우물 씹던 제페토 할아버지는 아까 주워 온 나무 토막을 보았어요. 그러다가 문득 그동안 한 번도 만들어 보지 않았던 나무 인형을 만들고 싶어졌어요.

제페토 할아버지는 밥을 먹는 둥 마는 둥 하고는 '뚝딱뚝딱, 쓱싹쓱싹' 거칠고 각이 진 나무를 부드럽게 다듬었어요. 그러자 땔감으로 타 버릴 뻔했던 나무토막에서 동그란 얼굴이 만들어졌어요. 그리고 귀여운 두 눈과 완두콩만 한 코를 붙이고 작은 입도 만들었어요. 작은 몸통에 가늘지만 단단한 팔다리도 만들어서 붙였어요.

드디어 작고 귀여운 나무 인형이 만들어졌어요. 제페토 할아버지는 나무 인형에 '피노키오'라는 이름을 지어 주었지요.

인형을 닦으며 이리저리 살펴보던 제페토 할아버지는 피노키오에게 귀가 없다는 것을 알았어요. 제페토 할아버지는 피노키오의 얼굴 양쪽 끝 부분을 깎아서 작은 귀를 만들었어요.

제페토 할아버지는 흐뭇하게 웃으며 피노키오를 품에 안고는, 귀에다 이름을 불러 주었어요.

"피노키오!"

그러자 갑자기 신기한 일이 일어났어요. 피노키오의 눈이 '반

짝' 하고 빛나는 것이었어요. 그뿐이 아니었어요. 완두콩만 한 코가 쏘옥 길어지더니 땅콩만 해졌어요. 그러고는 양팔을 벌려 할아버지의 품에서 빠져나오려고 버둥거리는 거예요.

제페토 할아버지는 깜짝 놀라서 피노키오를 떨어뜨렸어요. 그리고 다시 피노키오를 안으려고 손을 내밀었는데, 이번에는 피노키오가 발로 제페토 할아버지의 턱을 차 버렸어요.

"나무 인형 피노키오가 살아 움직이다니!"

외롭던 제페토 할아버지는 꿈만 같았어요. 피노키오가 말썽꾸러기 녀석이 될 것 같았지만, 가족이 생겨서 정말 기뻤답니다.

말썽꾸러기 피노키오

혼자 걸을 수 있게 된 피노키오는 제멋대로 여기저기 돌아다니며 말썽을 부렸어요.

"피노키오야, 집에서 장난만 치지 말고, 학교에 가서 공부도 하고 친구도 사귀어 보렴."

"싫어요. 학교에는 가지 않을 거예요. 난 집에서 노는 게 더 좋아요!"

피노키오는 학교에 가기 싫다고 떼를 썼어요.

어느 날 아침, 피노키오는 학교에 데려가려는 제페토 할아버지의 손을 뿌리치고 도망쳤어요. 그러고는 마구 달렸어요.

피노키오가 빨간 신호등 앞에서도 멈추지 않고 마구 뛰어가는 바람에, 자동차들이 놀라서 '끼이익' 큰 소리를 내며 섰어요. 그러자 뒤에 따라오던 차들이 줄줄이 앞차에 부딪쳤어요. 이 소동을 보고 지나가던 경찰차가 사이렌을 울리며 섰어요. 나무다리를 힘차게 휘저으며 달려가던 피노키오는 멋진 제복의 경찰관 아저씨를 보고 소리를 지르며 좋아했어요.

"와아! 나도 경찰차에 타고 싶다!"

그때 자동차에 타고 있던 사람들이 손가락으로 피노키오를 가리키며 경찰관에게 소리쳤어요.

"저 아이가 갑자기 달려 나왔어요!"

경찰관은 피노키오를 붙잡았어요. 하지만 피노키오가 너무 어려서 교통사고 책임을 따져 물을 수가 없었어요.

피노키오를 찾으러 나온 제페토 할아버지는 얼른 피노키오에게 달려가서 안아 주었어요.

"피노키오야, 어디 다친 데는 없니?"

경찰관은 피노키오를 안고 있는 제페토 할아버지를 보고, 누구냐고 물었어요.

"제가 이 아이 아빠입니다."

경찰관은 피노키오 대신 제페토 할아버지를 잡아갔어요.

'아빠라고? 그럼 아빠라는 건 나를 만들어 준 사람을 말하는 건가?'

집에 혼자 있게 된 피노키오는 제페토 할아버지가 경찰관에게 한 말을 생각했어요. 피노키오는 고개를 갸우뚱했어요. 하지만 곧 잊어버리고 그동안 가까이 가지 못했던 제페토 할아버지의 작업대를 기웃거렸어요.

피노키오는 못을 박아 보려고 제페토 할아버지처럼 망치를 들었어요. 그런데 망치에 손을 맞아서 피노키오의 왼쪽 집게손가락이 부러졌어요. 하지만 아프지는 않았어요. 피노키오는 나무 인형이니까요. 사람처럼 말도 하고 움직일 수는 있지만, 피노키오에게 '마음'은 없었던 거예요.

피노키오는 창문 위 선반에 있는 상자가 궁금했어요. 피노키오는 의자를 낑낑대며 들고 와서 그 위에 올라갔어요. 그리고 상자를 손으로 들어 올리려다가 그만 상자를 떨어뜨리고 말았어요. 왼손 집게손가락이 짧아져서 제대로 들 수가 없었던 거예요.

상자는 그대로 피노키오의 오른쪽 발등 위로 떨어졌어요. 이번에는 피노키오의 오른쪽 엄지발가락이 부러져 나갔어요. 그래도 피노키오는 아프지 않았어요.

피노키오는 떨어져 나간 작은 나무 조각을 손으로 집어 들고는 창문을 열고 던져 버렸어요. 그때 피노키오 집 앞을 지나가던 귀뚜라미가 그 나무 조각에 목을 맞았어요. 귀뚜라미는 뒤집힌 채 가느다란 다리를 부르르 떨었어요.

다음 날 아침, 경찰서에서 돌아온 제페토 할아버지는 피노키오에게 아침밥을 지어 주었어요.

"피노키오야, 배고팠겠구나. 혼자서 자느라 무섭지는 않았니?"

피노키오는 허겁지겁 빵과 우유, 과일을 먹어 치웠어요. 제페토 할아버지는 피노키오를 흐뭇하게 바라보다가 피노키오의 왼손 집게손가락을 보았어요. 그리고 의자 위에서 흔들거리는 피노키오의 오른발도 보았어요. 할아버지는 깜짝 놀라서 물었어요.

"피노키오야, 네 손가락과 발가락이 어떻게 된 일이냐?"

피노키오는 아무 생각 없이 입에서 나오는 대로 말했어요.

"전 아빠의 망치를 만지지 않았는데, 갑자기 망치가 내 손을 때렸어요."

피노키오가 말을 마치자마자 피노키오의 땅콩만 한 코가 손가락만 해졌어요. 하지만 피노키오는 알아차리지 못하고 계속 말을 이었어요.

"아빠, 제 발가락은요, 귀뚜라미가 들어와서 깨물었어요."

이번에는 피노키오의 코가 젓가락처럼 늘어났어요. 제페토 할아버지는 피노키오가 '아빠'라고 부르는 소리에 가슴이 두근거렸어요. 그래서 피노키오가 말도 안 되는 이야기를 꾸며 내도 그냥 가만히 있었어요.

제페토 할아버지는 가만히 피노키오의 손가락과 발가락을 고

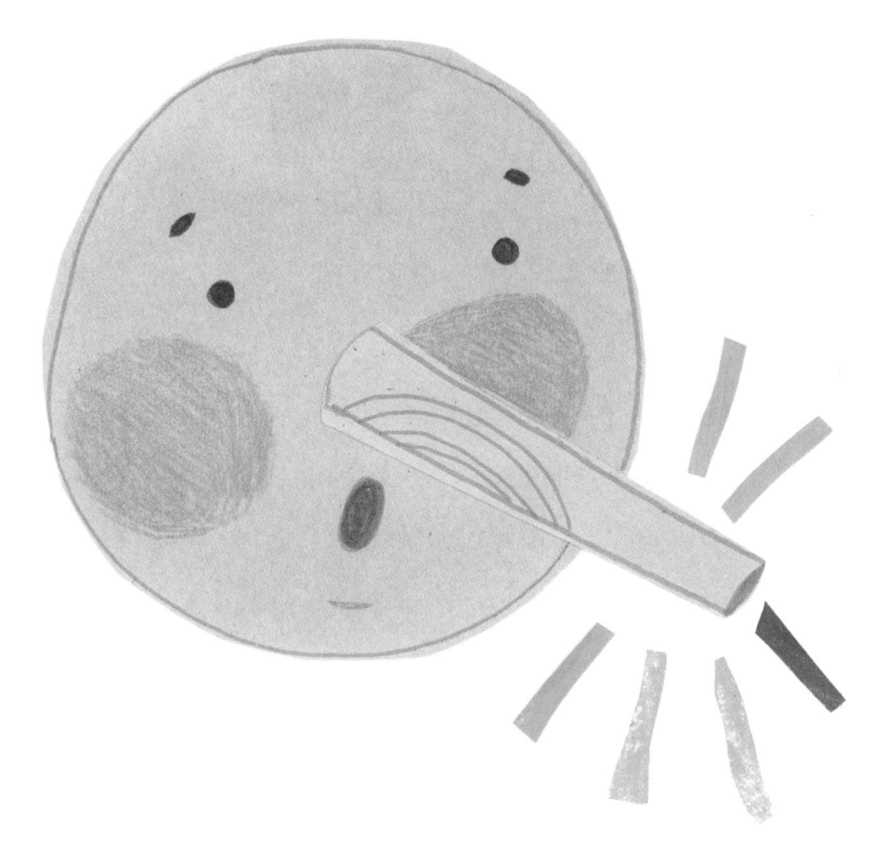

쳐 주었어요. 피노키오는 제페토 할아버지가 정성스럽게 손가락과 발가락에 나무 조각을 붙이는 것을 가만히 보았어요.

피노키오는 마치 전구를 켜 놓은 것처럼 몸속이 환해지고 따뜻해지는 것을 느꼈어요. 그러나 땅콩만 했던 코가 젓가락만큼 길어진 것을 알아차리지 못한 것처럼, 자기가 어떻게 변해 가고 있는지 전혀 눈치채지 못했어요. 다만 다리를 부르르 떨었던 귀뚜라미가 어디로 갔는지 궁금했을 뿐이에요.

피노키오의 긴 하루

다음 날, 제페토 할아버지는 연장통을 꺼내며 생각했어요.

'오늘은 피노키오를 학교에 꼭 보내야지.'

피노키오도 제페토 할아버지가 맛있는 음식도 만들어 주고, 손가락과 발가락을 고쳐 준 것에 '고마움'을 느꼈어요. 그 느낌이 '고마움'인지는 피노키오도 몰랐어요. 그저 몸속이 전구를 켜 놓은 것처럼 환해지고 따뜻해졌다는 것만 알았지요. 피노키오는 전구가 꺼지기 전에 할아버지에게 착한 일 한 가지를 해 드리고 싶었어요. 피노키오는 크고 우렁찬 목소리로 말했어요.

"아빠, 오늘부터 학교에 갈게요."

제페토 할아버지는 깜짝 놀랐어요. 말썽꾸러기에 능청스럽게 거짓말을 하던 피노키오가 달라졌으니 말이에요. 그래서 제페토 할아버지는 피노키오를 위해 나무껍질로 신발을 만들고, 예쁜 꽃무늬 종이로 모자와 옷도 만들어서 입혀 주었어요.

피노키오는 새 신발과 새 옷, 새 모자를 쓰고 어깨를 으쓱대며 집을 나섰어요. 제페토 할아버지는 창문을 조금 열고 피노키오가 가는 뒷모습을 지켜보았어요. 혹시 지난번처럼 빨간 신호등에서 길을 건널까 봐 걱정이 되었거든요.

피노키오는 학교에 가면서 재미있는 상상을 했어요.

'오늘은 학교에 가서 읽는 걸 배워야지. 내일은 쓰는 법을 배우고, 모레는 숫자 세는 법을 배울 거야. 그다음에는 내 힘으로 돈을 벌어야지. 그 돈으로 뭘 할까? 가장 먼저 아빠에게 좋은 망치를 사 드려야지.'

피노키오는 상상을 하면 할수록 멋진 생각들이 떠올라서 혼자 히죽히죽 웃었어요.

피노키오가 상상의 날개를 펼치는 동안 멀리서 어떤 소리가 들려왔어요. 피노키오는 처음에는 상상 속에서 흘러나온 소리인 줄 알았어요. 피노키오의 귀는 너무 작아서 잘 들리지 않았거든요. 소리는 점점 커져서 피노키오의 귀에도 잘 들렸어요.

둥둥, 둥둥!

북소리를 듣자 피노키오는 몸속에 누군가 들어 있는 것만 같았어요. 물고기가 팔딱팔딱 뛰는 것도 같았고, 아기 코끼리 발자국 소리 같기도 했어요.

"어디에서 나는 소리지? 아, 하지만 난 학교에 가야 해."

피노키오는 망설이며 잠시 그 자리에 서 있었어요. 그러나 학교에 가겠다는 피노키오의 마음과는 달리 피노키오의 발은 점점 음악이 들리는 쪽으로 가고 있었어요.

피노키오는 어느새 커다란 천막이 쳐 있고, 사람들이 잔뜩 모여 있는 광장 앞까지 왔어요. '인형극 공연'이라고 쓰인 간판이 세워져 있었지만 피노키오는 글을 읽을 줄 몰랐어요. 다만 사람들이 줄을 서서 돈을 내고 천막 안으로 들어가는 것을 볼 수 있었지요. 피노키오는 간판 옆에 서서 사탕을 먹고 있는 어떤 꼬마에게 물었어요.

"사람들이 왜 이곳으로 들어가는 거니?"

"바보야, 간판을 읽어 봐. 인형극을 하는 거잖아."

피노키오는 그때 학교 생각이 났어요.

'참, 학교에 가서 읽는 것을 배우려고 했었는데……. 오늘은 이미 늦었으니 학교는 내일부터 가야겠어!'

피노키오는 그곳을 떠나지 못하고 옆에서 서성이며 사람들을 보았어요.

'인형극이 뭘까? 나도 들어가서 보고 싶다.'

그때 천막 앞에서 돈을 받고 있던 콧수염을 기르고 까만 안경을 낀 아저씨가 피노키오에게 말했어요.

"인형극을 보고 싶으면 엄마나 아빠와 같이 오너라."

그러고 보니 어린아이들은 어른 손을 잡고 천막 안으로 들어가고 있었어요.

피노키오는 할 수 없이 그곳을 떠나기로 했어요. 천막 앞에서 발걸음을 돌리려는데, 대여섯 명의 어른들이 우르르 몰려오더니 왁자지껄 떠드는 소리가 났어요.

피노키오는 이때다 싶어 긴 치마를 입고 있는 아줌마의 뒤에 딱 붙어서 천막 안으로 슬쩍 들어갔어요.

어느 누구도 피노키오가 들어온 것을 눈치채지 못했어요. 콧수염을 기르고 까만 안경을 낀 아저씨도 물론 못 보았지요.

피노키오는 신이 나서 천막 안 여기저기를 돌아다녔어요. 그때 콧수염을 기르고 까만 안경을 낀 아저씨가 보였어요. 피노키오는 아저씨가 알아볼까 봐 얼른 앞에 있는 문을 열고 들어갔어요.

피노키오가 들어가자 때마침 노란 불빛이 피노키오를 향해

환히 비추었어요. 관객들은 모두 피노키오를 바라봤어요. 아무도 피노키오의 등장을 이상하게 생각하지 않았어요. 피노키오는 나무 인형이니까요. 당황한 피노키오는 고개를 옆으로 돌리며 가운데로 걸어갔어요. 그러자 사람들이 소리를 지르고 손뼉을 쳤어요.

"와! 저 인형은 줄이 없는데 잘 걸어다니네!"

"종이로 만든 옷 좀 봐! 모자랑 신발도 신었어!"

"그런데 코는 왜 저렇게 클까?"

관객석에서 킥킥 웃음소리가 나고, 무대 뒤에서 줄을 조종하던 배우들은 하던 인형극을 멈추었어요.

그때 관객석 뒤에 서 있던 콧수염을 기르고 까만 안경을 낀 아저씨가 무대 위로 달려와서 피노키오를 번쩍 안고 나갔어요. 피노키오는 무서워서 다리가 덜덜 떨렸어요.

"아니, 넌 나무로 만들어진 아이였구나!"

아저씨는 피노키오가 나무 인형이기 때문에 용서해 준다고 했어요. 피노키오는 무슨 말인지 잘 몰랐지만, 용서해 준다는 것이 좋은 일인 것 같았어요. 그래서 얼른 그곳을 빠져 나왔어요.

하지만 피노키오는 어디로 가야 할지 몰랐어요. 지금은 늦어서 학교도 갈 수 없고, 집으로 갔다가는 학교에 가지 않은 것을 아빠가 아시게 될 테니까요.

무작정 걷던 피노키오는 어느덧 세 갈림길에 이르렀어요. 왼쪽은 학교로 가는 길이고, 오른쪽은 집으로 가는 길이었지요. 피노키오는 집도 학교도 선택할 수가 없었어요. 그래서 가운데 길을 향해 걸었어요.

목적지도 없이 걷던 피노키오는 다리가 아파 오자 길가에 잠시 앉았어요. 그때 귀뚜라미 한 마리가 피노키오의 발 위에 앉았어요. 놀란 피노키오는 발을 흔들어 귀뚜라미를 밟으려고 했어요. 그러나 귀뚜라미는 팔짝 뛰어서 피노키오의 무릎 위에 앉았어요. 피노키오는 이번에는 손바닥으로 치려고 했지만, 귀뚜라미가 더 빠르게 피노키오의 코 위로 올라갔어요.

"너, 나를 알아보겠니?"

귀뚜라미가 말했어요.

"네가 누군데?"

피노키오는 그때 자기가 던진 나무 조각에 목을 맞아서 배를 뒤집고 다리를 떨던 귀뚜라미가 생각났어요. 그러나 피노키오는 거짓말을 했어요.

"난 귀뚜라미라고는 태어나서 처음 보는걸."

그러자 피노키오의 얼굴 한쪽이 어두워졌어요. 코가 또 길어지면서 피노키오의 얼굴에 좀 더 짙은 그늘이 생긴 거였어요. 피노키오도 코가 길어진 것을 느끼고 손을 올려서 만져 보았어요.

"네가 던진 나무 조각에 목을 맞아서 죽을 뻔했는데, 지나가던 개미들이 나를 살려 주었지. 그래서 너를 용서하기로 했어. 자, 아빠가 기다리는 집으로 어서 돌아가."

귀뚜라미는 폴짝 뛰어서 어디론가 사라졌어요.

피노키오는 귀뚜라미의 발자국이라도 남아 있을까 봐 손으로 코를 문질렀어요. 그리고 자리에서 일어나 다시 길을 갔어요.

"나를 용서한다고? 칫, 내가 귀뚜라미의 말을 들을 것 같아? 그런데 내 코는 왜 점점 길어지는 거지?"

그때 피노키오의 등 뒤에서 나뭇잎이 바스락거리는 소리가 들려왔어요. 피노키오는 몸을 돌려 뒤를 보았어요. 그 순간 커다란 자루가 바람처럼 내려와 피노키오의 몸을 낚아챘어요. 피노키오는 캄캄한 어둠에 갇히게 되었어요. 그리고 공중에 들려지더니 피노키오의 몸이 이리저리 흔들리기 시작했어요. 누군가 피노키오를 자루에 담아서 데려가는 거였어요.

콧수염을 기르고 까만 안경을 낀 아저씨는 피노키오가 나무 인형인 것을 알고는 인형극에 데려다 쓰면 큰돈이 될 거라 생각했어요. 보기에는 나무 인형이지만, 사람처럼 말도 하고 줄도 없이 움직이니까 말이에요. 그래서 피노키오를 용서해 주는 척하고는 피노키오의 뒤를 몰래 따라온 거였어요.

피노키오가 학교나 집으로 갔으면 콧수염을 기르고 까만 안경을 낀 아저씨가 피노키오를 납치할 수 있었을까요?

자루 속에 갇힌 피노키오는 천막 앞에서 흘러나오는 악기 소리를 들었을 때처럼 몸속에서 누군가가 움직이는 것 같았어요. 이번에는 아주 큰 물고기가 팔딱거리는 것도 같았고, 엄마 코끼리가 발을 쿵쿵거리는 것도 같았어요. 피노키오는 겁이 나서 팔을 마구 휘저으며 소리를 질렀어요.

"잘못했어요! 집에 갈게요! 어서 나를 내려놔요!"

그러나 피노키오는 더 심하게 흔들렸어요. 콧수염을 기르고 까만 안경을 낀 아저씨가 정말 빨리 달렸거든요. 하지만 앞도 안 보고 달리다가 아저씨는 그만 돌부리에 걸려 넘어지고 말았어요. 그 바람에 어깨에 짊어진 자루가 옆으로 굴러 내동댕이쳐졌어요.

피노키오는 팔다리가 부러질 것처럼 아팠어요. 자루에서 나온 피노키오는 저 멀리 짙은 초록색 나무들 한가운데에 새하얀 작은 집이 있는 것을 보았어요.

'빨리 저 집까지 달려가야지, 그러면 누군가가 도와줄 거야!'

피노키오는 있는 힘을 다해 새하얀 작은 집을 향해 달려갔어요. 얼마나 빨리 달렸는지, 꽃무늬 종이로 만든 모자는 어디론가 날아가 버렸고, 옷은 곧 찢어질 것처럼 너덜거렸어요.

마침내 새하얀 작은 집 문 앞에 도착한 피노키오는 문을 두드렸어요. 하지만 아무 소리도 들리지 않았어요. 피노키오는 다시 문을 세게 두드렸어요.

파란 머리 요정을 만난 피노키오

그때 예쁜 소녀가 창문에 얼굴을 내밀었어요. 파란색 머리에 얼굴이 우유처럼 하얀 소녀는 눈을 꼭 감고 양손을 가슴께로 모으고 있는 것이, 꼭 기도하고 있는 것 같았어요.

"파란 머리 소녀님, 제발 문 좀 열어 주세요!"

힘들고 지친 피노키오는 이 말을 하고는 문 앞에 쓰러졌어요.

파란 머리 소녀는 피노키오를 집 안으로 데리고 들어왔어요. 그러고는 침대에 눕히고 쉬게 했어요.

몇 분이 지나지 않아 피노키오는 눈을 떴어요. 나무 인형은 쉽게 병이 들지는 않으니까요. 피노키오는 강아지처럼 씩씩하고 즐겁게 방 안을 뛰어다니며 장난을 쳤어요.

"얘, 어쩌다가 여기까지 오게 된 거니?"

"아침에 학교에 가려고 집을 나섰는데, 어떤 소리가 들려서 따라갔어요. 그 소리는 인형극 천막에서 났어요. 전 다시 학교에 가려고 길을 돌아서서 가는데, 인형극 천막에서 일하는 콧수염을

기르고 검은 안경을 낀 아저씨가 저를 데려갔어요. 아저씨가 넘어졌을 때 있는 힘껏 달려서 여기까지 오게 된 거예요."

피노키오의 말은 사실인 것도 있었지만 반은 거짓말이었어요. 말을 마치자 피노키오의 코가 또 길어졌어요. 이미 다른 사람들의 코보다 훨씬 긴 피노키오의 코는 앞에 서 있던 파란 머리 소녀에게 닿을 정도로 길어졌어요. 파란 머리 소녀는 피노키오를 보고 웃었어요.

"왜 웃는 거예요?"

길어진 코 때문에 어찌할 줄 모르던 피노키오가 물었어요.

"네가 거짓말을 해서 웃지."

"내가 거짓말을 했다는 걸 어떻게 알아요?"

"거짓말을 하면 다리가 짧아지거나 코가 길어지는데, 네 경우는 코가 길어지는 거짓말인 것 같구나."

피노키오는 부끄러워서 얼굴이 빨개졌어요. 그리고

앞으로도 점점 코가 길어질 것을 생각하니 눈물이 났어요. 파란 머리 소녀는 피노키오에게 왜 우냐고 물었어요.

"난 내 코가 저절로 자라는 줄 알았어요. 그리고 난 거짓말이 나쁜 짓인 줄 몰랐어요. 그냥 내가 말하고 싶은 대로 말했을 뿐이에요."

파란 머리 소녀는 빙긋 웃으면서 말했어요.

"난 파란 머리 요정이란다. 거짓말하는 습관을 고치려고 처음부터 네 코가 자라나게 한 거였지. 앞으로 거짓말하지 않겠다고 약속할 수 있니? 약속한다면 네 코를 줄여 줄 수 있어."

피노키오는 눈을 반짝이고 두 손을 모으며 소리쳤어요.

"약속할 수 있어요. 앞으로는 정말 거짓말을 하지 않을게요. 그러니 제발 제 코를 잘라 주세요."

파란 머리 소녀, 아니 파란 머리 요정은 창문을 열고 손뼉을 쳤어요. 그러자 어디선가 딱따구리들이 몰려와서 피노키오의 코를 쪼아 댔어요. 순식간에 피노키오의 코는 원래대로 줄어들었어요.

파란 머리 요정은 피노키오에게 집으로 돌아가는 길을 알려 주고, 반짝거리는 금화 두 개를 선물로 주었어요.

"자, 앞으로는 거짓말하지 않는 착한 어린이가 되렴."

황금 나무 열매

피노키오는 파란 머리 요정에게 받은 금화를 처음에는 바지 주머니에 넣었어요. 그러자 금화가 '쨍그랑' 하며 바닥으로 떨어졌어요. 파란 머리 요정의 집으로 달려갈 때 옷이 찢어진 거예요. 피노키오는 오른쪽 나무 신 안쪽에 금화를 넣었어요. 집에 가기 전에는 신발을 벗을 일이 없을 테니까요.

"앞으로는 정말 착한 어린이가 되어야겠어. 파란 머리 요정에게 받은 이 금화를 아빠에게 드려야지. 정말 좋아하실 거야!"

피노키오는 집으로 가기 위해 부지런히 길을 걸었어요. 하지만 얼마 못 가서 한쪽 다리를 저는 여우와 두 눈이 먼 고양이를 만났어요. 여우와 고양이는 서로 도와서 여기저기 떠돌아다니는 중이었어요. 다리를 저는 여우는 고양이에게 의지해서 걸었고, 앞을 못 보는 고양이는 여우가 이끄는 대로 걸었어요.

"안녕, 피노키오야."

여우가 예의 바르게 인사했어요.

"어떻게 내 이름을 아니?"

피노키오가 물었어요.

"네 아빠를 잘 알거든."

"우리 아빠를 어디서 보았는데?"

"어느 날, 길에서 나무토막을 주워 가시는 걸 봤지. 그리고 네가 태어났어."

이 말을 듣자 피노키오는 갑자기 아빠가 보고 싶어졌어요. 그래서 여우의 말에 더 이상 대꾸하지 않고 발걸음을 옮겼어요.

여우는 귀를 쫑긋거리며 따라왔어요.

"피노키오, 갑자기 왜 그렇게 바삐 가는 거야?"

"아빠가 걱정하실 거야. 어서 가서 파란 머리 요정에게 받은 금화를 갖다 드려야지!"

금화라는 말에 여우의 눈이 동그래졌지만, 피노키오는 알아차리지 못했어요.

"거짓말이지? 너 같이 어린아이에게 금화가 있을 리가 없어."

피노키오는 거짓말이라는 말에 발끈해서 나무 신 안에 감추어 두었던 금화를 보여 주고 말았어요. 여우는 입꼬

리를 살짝 올리며 한 줄기 침을 흘렸어요.

"엄청난 행운을 얻을 방법을 내가 알고 있는데, 그냥 집에 가다니, 정말 안됐구나."

"엄청난 행운이라니?"

피노키오는 눈을 반짝이며 발걸음을 멈추었어요.

"내일이면 네 금화 한 개가 수백 개로 늘어날 거야!"

피노키오는 놀라서 입을 다물지 못했어요. 여우는 피노키오 앞으로 한 발자국 다가서며 말했어요.

"올빼미 마을에 가면 '기적의 들판'이라고 불리는 곳이 있어. 기적의 들판에 가서 작은 구덩이를 하나 파고 금화 한 개를 거기에 묻어. 그리고 그 위에 샘물을 두 양동이를 붓고 소금을 한 움큼 뿌리는 거야. 그리고 하룻밤 뒤에 가 보면, 금화가 주렁주렁 달린 나무가 되어 있지. 한 알의 밀알이 이삭이 주렁주렁 달린 밀로 자라는 것과 똑같아."

"정말 그렇게 된다면……! 내 금화 나무에서는 몇 개나 열리게 될까?"

피노키오가 기대에 차서 말했어요.

"금화 한 개를 심으면 적어도 500개의 금화가 열릴 거야!"

"와, 정말 멋지다!"

피노키오는 기뻐서 외쳤어요.

"금화를 그만큼 갖게 되면 그중 100개는 너희에게 줄게."

그러자 여우가 기분이 상한 듯 소리쳤어요.

"우리에게 준다고? 우리는 무슨 대가를 바라고 말해 준 게 아니야. 우리는 그저 다른 사람들을 부자로 만들어 주고 싶을 뿐이지."

"다른 사람들을 위해서!"

잠자코 있던 고양이가 말했어요.

'정말 착한 친구들이야.'

피노키오는 속으로 생각했어요. 그래서 피노키오는 아빠를 보고 싶었던 마음도, 파란 머리 요정과의 약속도 까맣게 잊어버리고 여우와 고양이에게 말했어요.

"빨리 가자. 나도 너희랑 함께 갈게."

걷고 또 걸어 마침내 밤이 될 무렵, 지칠 대로 지친 피노키오 일행은 빨간 가재 여관에 도착했어요.

"오늘 밤은 여기서 뭐라도 먹고 쉬자. 밤 열두 시에 출발하면 내일 새벽에 기적의 들판에 도착할 거야."

여우가 말했어요.

셋은 여관에 들어가서 식탁에 앉았지만, 아무도 식욕을 느끼지 않았어요. 고양이는 속이 너무 거북해서 토마토 소스를 끼얹은 숭어 서른 마리와 모짜렐라 치즈로 요리한 소 창자 4인분밖에 먹을 수가 없었어요. 여우도 다이어트 중이라 통통한 암탉의 가슴살을 곁들인 산토끼 스테이크를 기다리면서, 달걀에 개구리와 도마뱀을 섞어 만든 수프를 후룩후룩 마셨어요. 피노키오는 호두 한 쪽과 빵 한 조각을 시켰는데, 그것도 다 먹지 못하고 거의 남겼어요. 피노키오는 금화가 주렁주렁 달릴 기적의 들판 생각에 벌써부터 소화가 잘 안되었어요.

식사를 마치자, 여우가 여관 주인에게 말했어요.

"방 두 개만 주세요. 하나는 피노키오가 묵을 거고, 또 하나는 나와 내 친구가 묵을 거예요."

피노키오는 침대에 눕기 무섭게 잠이 들어 버렸어요. 그리고 꿈을 꾸었어요. 꿈속에서 피노키오는 들판 한가운데 서 있었어요. 들판에는 금화가 주렁주렁 달린 나무들이 빽빽이 서 있었는데, 바람에 흔들릴 때마다 금화가 '짤랑짤랑' 소리를 냈어요. 하지만 피노키오가 금화 송이를 막 따려는 순간, 잠이 깨고 말았어요. 여관 주인이 요란스럽게 방문을 두들겼기 때문이었어요.

"내 친구들은 일어났나요?"

피노키오가 물었어요.

"일어났냐고요? 그들은 벌써 두 시간 전에 떠났다오."

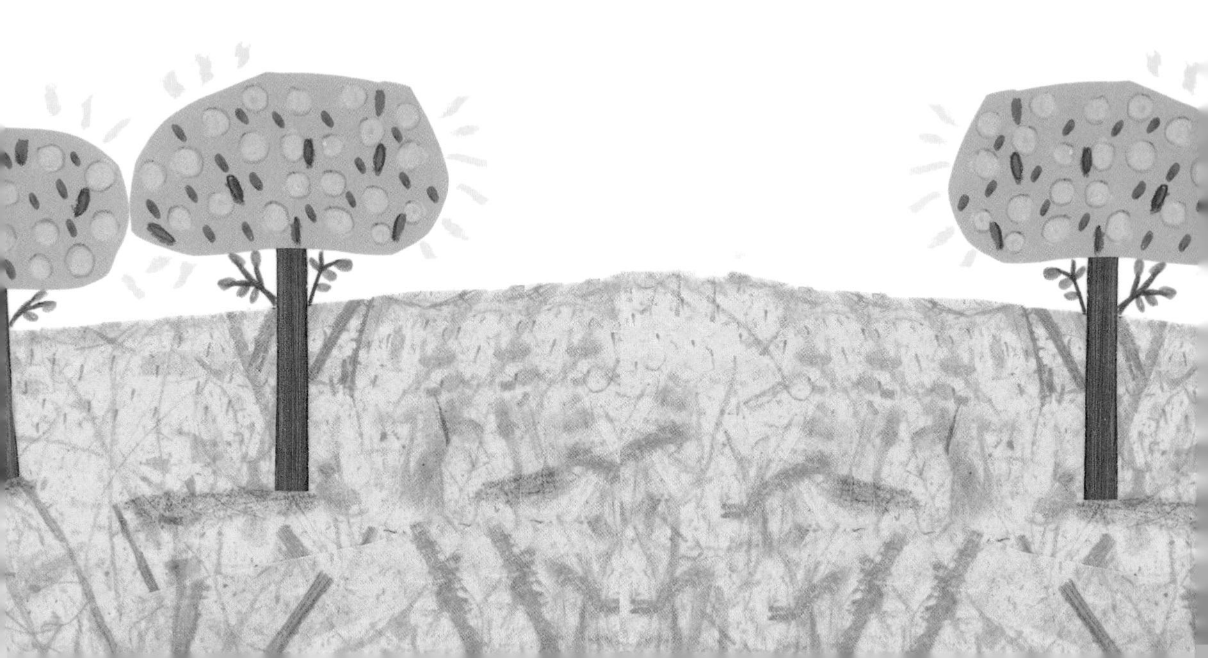

피노키오는 불안해졌어요. 그래서 여관 주인에게 다시 물었어요.

"음식값은 내고 갔나요?"

"여우 양반이 금화 한 개를 주면서 거스름돈도 받지 않았답니다."

피노키오는 잠시라도 여우를 의심했던 것을 후회했어요.

'여우는 역시 예의가 바른 친구야.'

그리고 서둘러 찢어진 종이 옷을 입고 나무 신을 신었어요.

나무 신을 신으려는 순간, 피노키오는 파란 머리 요정이 준 금화 생각이 났어요. 그래서 베개 밑에 손을 넣었어요. 어젯밤에 잠들기 전에 나무 신 안에 있던 금화를 꺼내서 베개 밑에 두고 잠을 잤거든요. 하지만 베개 밑에는 금화가 있었던 흔적조차 없었어요.

그제야 피노키오는 '기적의 들판'이나 '황금 나무' 따위는 모두 거짓말이었다는 것을 깨달았어요. 피노키오는 너무나 실망해서 집으로 돌아갈 힘이 나지 않았어요. 아빠에게 갖다 드릴 금화도 잃어버렸기 때문에, 빈손으로 집으로 갈 수가 없었어요. 피노키오는 다시 파란 머리 요정의 집으로 가기로 했어요.

다시 파란 머리 요정의 집으로

피노키오가 빨간 가재 여관을 나서는데 비가 쏟아졌어요. 피노키오의 종이 옷은 금세 흠뻑 젖어서 몸에 찰싹 달라붙었어요. 피노키오는 비를 피해, 길가에 있는 나무 아래에서 옷을 벗었어요. 그것은 옷을 벗는 것이 아니라, 몸에 달라붙은 젖은 종이를 떼어 내는 일이라고 부르는 것이 맞을 거예요.

피노키오의 얼굴 위로 물이 흘러내렸어요. 빗물인지 눈물인지 피노키오도 알지 못했어요. 다만 피노키오의 눈앞까지 흐려져서 앞이 잘 보이지 않았을 뿐이에요.

피노키오는 추워서 오들오들 몸을 떨었어요. 아직 해가 뜨지 않은 숲은 너무나 조용해서 피노키오의 작은 발자국 소리가 아주 크게 들렸어요.

"어떻게 파란 머리 요정을 찾아가지? 금화도 잃어버리고 다시 나타난 나를 보고 뭐라고 할까? 아마 날 용서하지 않을 거야. 틀림없이 날 용서하지 않을 거야."

피노키오는 파란 머리 요정의 집 앞에 도착했지만 문을 두드릴 용기가 나지 않았어요. 한참을 망설인 끝에 피노키오는 몸을 떨며 문고리를 잡고 겨우 문을 두드렸어요.

안에서는 인기척도 나지 않았어요. 피노키오는 춥고 배고파서 더 이상 기다리는 것도 지쳤지만, 기다리는 것 말고는 다른 방법이 없었어요. 문 앞에서 한참을 기다리자 이 층 창문이 하나 열리면서 커다란 달팽이가 나타났어요. 피노키오는 달팽이에게 파란 머리 요정을 찾아왔다고 말했어요.

"난 피노키오라고 해요. 파란 머리 요정님에게 내가 왔다고 말해 줘요."

그러나 밤새 기다려도 문은 열리지 않았어요. 지친 피노키오는 몸을 덜덜 떨며, 있는 힘을 다해 아까보다 더 세게 문을 두드렸어요. 그러자 이번에는 일 층 창문이 열리더니 달팽이가 나타났어요.

"파란 머리 요정님은 아직 주무신다오."

"언제까지 기다려야 해요? 먹을 거라도 좀 가져다주세요."

피노키오는 그 말을 하고 나서 두 시간이나 지나서야, 머리에 은쟁반을 이고 돌아오는 달팽이의 모습을 볼 수 있었어요. 쟁반에는 빵과 통닭과 잘 익은 살구 네 개가 놓여 있었어요.

피노키오는 음식을 보자 너무 행복했어요. 여우에게 속았던 기적의 들판이나 황금 나무보다 더 값진 선물 같았어요. 하지만 음식을 입에 넣는 순간, 빵은 솜으로 만든 것이고, 통닭은 두꺼운 종이로, 살구는 물감을 칠한 돌멩이라는 것을 알았어요.

피노키오는 달팽이가 가져온 은쟁반과 음식들을 내던져 버리고 싶었어요. 하지만 너무 슬퍼서인지 속이 텅 비어서인지 그만 쓰러지고 말았어요.

피노키오가 다시 정신을 차렸을 때는 소파 위에 누워 있었고, 파란 머리 요정이 곁에 앉아 있었어요.

"피노키오, 이번에도 너를 용서해 주마. 하지만 또 한 번 이런 짓을 했다가는 그때는 정말 용서하지 않을 거야!"

파란 머리 요정이 말했어요.

피노키오는 앞으로는 공부도 열심히 하고 착하게 살겠다고 약속했어요. 그리고 일 년 동안은 그 약속을 잘 지켰답니다. 물론 학교도 빠지지 않고 잘 다녔지요.

어느 날, 파란 머리 요정이 피노키오를 찾아와 환하게 웃으며 이렇게 말했어요.

"내일은 너에게 큰 선물을 주려고 한단다."

"큰 선물이요? 그게 뭔데요?"

피노키오는 두 눈을 반짝거리며 물었어요.

"내일이면 넌 나무 인형이 아니라 착한 어린이가 될 거란다. 진짜 사람이 되는 거지."

장난감 마을로

파란 머리 요정은 다음 날 피노키오의 친구들을 모두 초대해 이 기쁜 일을 함께 축하하며 잔치를 열기로 했어요. 피노키오는 친구들을 초대하러 마을을 한 바퀴 돌고 오겠다고 말했어요.

파란 머리 요정은 날이 어두워지기 전에는 꼭 돌아와야 한다고 당부했어요.

마을로 간 피노키오는 한 시간도 채 안 되서 친구들을 모두 초대했어요. 그중에 '램프 심지'라고 불리는 친구가 있었어요. 불을 켜는 램프의 심지처럼 홀쭉하고 삐쩍 말라서, 모두들 그렇게 불렀지요.

램프 심지는 학교에서 가장 게으르고 말썽꾸러기인 아이였어요. 하지만 피노키오는 램프 심지를 좋아했어요. 그래서 램프 심지에게 가장 먼저 찾아갔는데, 램프 심지는 집에 없었어요. 피노키오는 다른 친구들을 다 초대하고 마지막으로 다시 램프 심지네 집에 다시 들렀어요.

그런데 램프 심지는 피노키오의 식사 초대에 가지 못할 것 같다고 말했어요. 왜냐하면 오늘 밤에 '장난감 마을'이라는 곳으로 떠난다는 것이었어요. 피노키오는 '장난감 마을'이 어떤 곳인지 물었어요.

"거기에는 학교도 없고 책도 없어. 아침부터 저녁까지 장난감을 가지고 재미있게 놀면 돼. 나하고 같이 가지 않을래?"

"안 돼. 해가 지기 전까지 집으로 돌아가기로 파란 머리 요정님과 약속했어. 내일이면 난 진짜 착한 어린이가 된다고 하셨어."

"그럼 잠깐만 여기서 함께 기다려 줘. 조금 있으면 나를 데려다 줄 마차가 지나갈 거야."

피노키오는 어두워지기 전에 집으로 돌아오라는 파란 머리 요정의 말을 기억했어요.

"안 돼. 파란 머리 요정님이 걱정하실 거야."

"네가 박쥐들에게 잡아 먹힐까 봐 걱정인가 보지?"

램프 심지가 심술궂게 말했어요.

"그런데 그 마을엔 정말 학교가 없니?"

피노키오가 또 물었어요.

"학교 그림자도 없어."

"정말 멋진 곳이구나! 한 번도 가 본 적은 없지만 상상할 수는 있을 것 같아."

그렇게 램프 심지와 말을 주고받는 사이에 마차가 도착했어요. 열두 쌍의 당나귀가 마차를 끌었는데, 이 당나귀들은 발에 편자를 박은 것이 아니라 사람처럼 하얀 소가죽 장화를 신고 있었어요. 그리고 마차 바퀴에 낡은 헝겊이 잔뜩 감겨 있어서 마차는 조그만 소리도 내지 않고 멈춰 섰어요.

마차 안은 이미 피노키오 또래의 남자 아이들로 가득 차서 발 디딜 틈도 없었어요. 아이들은 마치 소금에 절인 멸치들처럼 서로 포개져 있었어요.

마부는 램프 심지에게 마차를 탈 거냐고 물었어요. 램프 심지는 조금도 망설이지 않고 펄쩍 뛰어 마차에 올라탔어요.

마부가 이번에는 피노키오를 향해 물었어요. 피노키오가 머뭇거리자 마차 안에 있던 아이들이 소리쳤어요.

"우리랑 함께 가자. 재미있을 거야."

피노키오는 대답하는 대신에 한숨을 쉬었어요. 그리고 잠시 후 다시 한숨을 쉬었어요. 피노키오는 세 번째로 한숨을 쉬고는 맨 앞에 있는 당나귀에 올라탔어요.

마차는 다시 달리기 시작했어요. 아침이 되어 해가 뜰 무렵에는 무사히 장난감 마을에 도착했어요. 그 마을은 세상의 어느 마을과도 비슷하지 않았어요. 장난감 마을의 주민은 모두 어린 아이들뿐이었어요.

시간이 흘러 피노키오가 장난감 마을에 온 지 벌써 다섯 달이나 지나갔어요. 어느 날 아침 일어나 머리를 긁적이던 피노키오는 깜짝 놀랐어요. 하룻밤 사이에 귀가 빗자루처럼 커진 거예요. 피노키오는 괴로워서 소리를 질렀어요.

"앗, 내 귀가 이상해졌어. 어떻게 된 거지?"

하지만 그럴수록 귀는 점점 더 자라나고, 귀 윗부분에는 털이 나기 시작했어요.

이때 위층에 사는 다람쥐 한 마리가 피노키오의 울부짖는 소리를 듣고 달려왔어요. 그리고는 끔찍한 이야기를 들려주었어요.

"넌 이제 두세 시간 후면, 진짜 당나귀가 될 거야. 학교 다니기를 싫어하면서 날마다 장난감으로 시간을 보내는 게으름뱅이들은 작은 당나귀로 변하게 된다고 법에 적혀 있어."

피노키오는 흐느껴 울며 말했어요.

"이 모든 것이 램프 심지 때문이야. 난 계속 공부를 하고 착한 아이가 되고 싶었는데……. 난 판단력도 없고, 마음이 없기 때문에 램프 심지의 말을 그대로 믿고 말았어. 내게 진짜 사람의 마음이 있었더라면, 엄마처럼 나를 보살펴 주신 파란 머리 요정님을 떠나지 않았을 텐데!"

피노키오는 램프 심지의 집으로 찾아갔어요. 램프 심지도 피노키오와 똑같은 모양을 하고 있었어요. 둘은 서로의 모습을 보자 웃음이 났어요. 피노키오와 램프 심지는 몸을 가누지 못할 정도로 계속 웃어 댔어요. 한참을 웃다가 피노키오와 램프 심지는 몸을 비틀면서 주저앉았어요. 곧이어 그들의 입에서 당나귀 울음소리가 나왔어요.

당나귀가 된 피노키오는 서커스 단장에게 팔렸어요. 그 서커스 단장은 바로 램프 심지와 피노키오를 장난감 마을로 데리고 온 마차의 마부였어요. 달콤한 말로 학교 가기 싫어하는 아이들을 꼬여서 장난감 마을로 데려온 거였어요. 그리고 이 불쌍한 아이들은 공부는 안 하고 계속 장난감만 가지고 놀다가 당나귀로 변한 거예요.

피노키오는 팔려 간 첫날부터 힘겨운 생활을 했어요. 피노키오는 먹이로 받은 건초와 짚을 먹을 수가 없었어요. 그러자 주인은 채찍으로 피노키오를 때렸어요. 그뿐 아니라 피노키오는 서커스 공연에 필요한 모든 것을 배워야 했어요. 피노키오는 채찍으로 하도 맞아 털이 모두 빠져 버렸어요.

피노키오는 서커스단에서 유명한 당나귀가 되었지만, 굴렁쇠 공연을 하다가 걸려 넘어지는 바람에 다리를 절게 되었어요. 서커스 단장은 피노키오를 시장에 내다 팔았어요.

당나귀를 산 사람은 바닷가로 피노키오를 끌고 갔어요. 정확하게는 당나귀가 된 피노키오를 말이지요. 이 사람은 당나귀 가죽으로 북을 만들기 위해 피노키오에게 돌을 매달아 바다에 던져 버렸어요.

바다에 던져진 피노키오를 보자 물고기들이 몰려와서 뜯어 먹었어요. 물고기들이 당나귀 살을 다 뜯어 먹고 나니 피노키오의 나무로 된 몸이 나왔어요. 그래서 피노키오는 다시 예전의 나무 인형으로 돌아와서 물 밖으로 나오게 되었어요.

당나귀 시체를 건지려고 기다리고 있던 남자는 피노키오를 장

작개비로 팔아 버리겠다고 했어요. 피노키오는 그 남자에게 잡히기 싫어서 다시 바다에 빠져서 헤엄을 쳤어요. 작고 가녀린 나무 인형이 바다에서 얼마나 버틸 수 있을까요?

피노키오는 결국 어마어마하게 큰 식인 상어를 만났어요. 식인 상어가 피노키오를 꿀꺽 삼켜 버릴 때, 피노키오는 그만 기절해 버렸기 때문에, 다시 정신이 돌아왔을 때는 어디에 있는 건지 알 수가 없었어요. 사방을 둘러보아도 아무것도 보이지 않았어요. 마치 잉크병 속에 머리를 집어넣은 것처럼 칠흑같이 짙고 깊은 어둠뿐이었어요. 피노키오는 무서워서 소리를 질렀어요.

"아무도 없나요? 누가 나 좀 도와주세요!"

그때 어떤 목소리가 들렸어요.

"이곳에서 누가 널 구해 줄 수 있겠어? 넌 어떤 물고기니?"

"난 물고기가 아니라 나무 인형 피노키오야. 넌 누구니?"

"난 너랑 같이 상어에게 잡아 먹힌 다랑어야."

다랑어와 이야기를 나누고 있을 때, 멀리서 깜빡이는 불빛이 보았어요.

"난 빨리 여기서 벗어나고 싶어. 저기 불빛이 보이는 곳으로 가야겠어. 잘 가, 다랑어야."

피노키오는 다랑어와 헤어진 후 불빛을 향해 걸어갔어요.

마침내 그 불빛 앞에까지 갔을 때 피노키오가 만난 것은 바로 제페토 할아버지였어요. 그 불빛은 제페토 할아버지가 갖고 있던 마지막 촛불이었고요.

피노키오는 아빠를 다시 만난 기쁨에 그동안 겪었던 모든 일을 빠짐없이 이야기했어요. 물론 거짓말은 전혀 하지 않았지요. 제페토 할아버지도 이 년 전 폭풍우가 있던 날 배를 탔다가 식인 상어에게 잡아 먹히게 되었다고 이야기해 주었어요.

피노키오와 제페토 할아버지는 여기서 도망치기로 하고 상어가 잠들 때를 기다렸어요. 상어가 잠들자 입이 스르르 열렸어요. 피노키오는 상어의 목구멍에서 얼굴을 밖으로 내밀고 위를 올려다보았어요. 떡 벌어진 커다란 상어 입 밖으로 별이 떠 있는 하늘과 밝은 달빛이 보였어요.

피노키오는 제페토 할아버지와 함께 상어의 목을 타고 올라가 발끝으로 혀 위를 살금살금 걷기 시작했어요. 두 사람은 상어의 기다란 혀를 가로지르고, 상어 이빨을 뛰어 넘었어요.

피노키오는 어깨 위에 제페토 할아버지를 올라타게 했어요. 그리고 바다에 뛰어들었어요.

사람이 된 피노키오

피노키오는 어깨 위에 아빠를 태웠지만, 조금도 무겁게 느껴지지 않았어요. 오히려 몸을 부들부들 떠는 아빠를 떨어뜨리지 않으려고 조심하면서 열심히 헤엄을 쳤어요.

한참을 헤엄친 피노키오는 기진맥진해졌어요. 피노키오가 바다 밑으로 점점 가라앉았어요. 그런데 갑자기 몸이 바다 위로 붕 떠올랐어요. 식인 상어 배 속에 같이 잡혔던 다랑어 친구가 등에 태워 준 거예요. 다랑어는 피노키오와 제페토 할아버지를 바닷가로 데려다 주었어요. 피노키오는 감사의 표시로 땅에 무릎을 꿇고 다랑어에게 입을 맞췄어요.

땅에 닿은 피노키오와 제페토 할아버지는 쉴 곳을 찾았어요. 제페토 할아버지는 건강이 크게 나빠져 있었어요. 피노키오는 허름한 집이라도 좋으니 편히 누울 수 있는 곳에서 아빠를 편히 쉬게 해 드리고 싶었어요.

무작정 길을 따라 가던 피노키오와 제페토 할아버지는 들판 한가운데 나 있는 좁은 오솔길에 접어들었어요. 100여 걸음 정도를 더 가자 짚으로 만든 작은 집이 보였어요. 피노키오와 제페토 할아버지는 그 집으로 가서 문을 두드렸어요. 그러자 문이 '삐그덕' 열리면서 목소리가 들렸어요.

"들어와, 피노키오."

피노키오는 깜짝 놀라서 두리번거렸지만 아무것도 보이지 않았어요.

"여기야, 이 위를 봐."

소리가 들리는 쪽을 바라보니, 천장 구석에 귀뚜라미가 앉아 있었어요. 귀뚜라미는 어제 파란 털을 가진 염소에게서 이 집을 선물 받았다고 이야기해 주었어요. 피노키오는 그 염소가 어쩐지 파란 머리 요정이라는 생각이 들어서, 흐느껴 울었어요. 실컷 울고 난 피노키오는 짚으로 편안한 잠자리를 만들어 제페토 할아버지를 눕혀 드렸어요.

그리고 아빠를 보살펴 드리기 위해 일거리를 찾았어요. 귀뚜라미는 근처에 채소와 젖소를 기르고 있는 사람을 알려 주었어요.

피노키오는 아빠에게 드릴 우유 한 컵을 얻기 위해 채소밭에 뿌릴 물을 양동이로 100번이나 길어 와야 했어요. 그 뒤로 피노키오는 다섯 달 동안이나 농장의 물을 길었어요. 그 덕분에 제페토 할아버지는 우유를 마시며 조금씩 건강을 되찾았어요.

물을 긷고 난 뒤에는 갈대로 바구니와 광주리를 만들어서 시장에 내다 팔았어요. 어느 날 피노키오는 귀뚜라미에게서 파란 머리 요정이 많이 아파서 누워 있다는 이야기를 듣게 되었어요. 그래서 피노키오는 바구니를 더 많이 만들고, 바구니로 번 돈을 파란 머리 요정의 집에서 살던 달팽이에게 전해 주었어요.

그날 밤 피노키오는 꿈속에서 파란 머리 요정을 만났어요.

"장하구나, 피노키오. 이제 네가 얼마나 착한 마음을 가진 아이가 되었는지 내가 알게 되었단다. 그래서 지금까지의 모든 나쁜 행동을 용서하마. 앞으로도 지금처럼 열심히 산다면 더욱 행복해질 거야."

피노키오는 깜짝 놀라며 꿈에서 깨어났어요. 잠에서 깨어난 피노키오는 이제 나무 인형이 아니라 정말 사람이 되었다는 것을 알았어요. 그뿐만이 아니었어요. 피노키오가 살던 짚으로 만든 집이 빨간 벽돌로 만든 근사한 집으로 변해 있었어요. 그리고 피노키오를 위한 멋진 새 옷과 새 모자, 가죽 장화도 있었답니다.

옆방으로 가 보니 예전처럼 건강하고 기분 좋아 보이는 제페토 할아버지가 목수 일을 다시 시작하고 있었어요.

“아빠, 어떻게 된 일이에요? 어떻게 이렇게 변한 거죠?”

피노키오는 아빠에게 달려들어 목을 껴안고 입을 맞추며 물었어요.

“우리 집이 이렇게 변한 건 다 네 덕택이란다. 나쁜 아이가 착한 사람이 되면 온 가족이 웃을 수 있게 되는 거지."

피노키오는 이 모든 일이 꿈만 같았어요. 그러나 의자 위에 축 늘어져 있는 예전의 나무 인형을 바라보고 꿈이 아닌 것을 알 수 있었어요.

피노키오는 확신에 찬 목소리로 말했어요.

"나무 인형이었을 때는 알지 못했지만, 이렇게 착한 아이가 되고 나니 정말 기뻐!"

- 내용 확인하기
- 생각 나누기
- 신 나게 활동하기
- 생생 독후감

엄마와 함께하는 독후 활동

내용 확인하기

1. 제페토 할아버지는 어떤 사람이었나요?

예시 이탈리아의 작은 마을에 살고 있는 제페토 할아버지는 나무로 무엇이든지 뚝딱뚝딱 만들어 내는 목수이다.

2. 제페토 할아버지가 나무토막을 깎아 귀여운 나무 인형을 만들고 "피노키오야." 하고 이름을 불러 주자 어떤 일이 벌어졌나요?

예시 피노키오의 눈이 '반짝' 빛나며 완두콩만 한 코가 길어져 땅콩만 해졌다. 그리고 피노키오가 양팔을 벌리더니 제페토 할아버지의 품에서 빠져나오려고 버둥거렸다.

3. 피노키오는 망치를 들고 나무에 못을 박으려다 그만 손가락을 내리찍고 말았어요. 왼쪽 집게손가락이 부러졌는데도 피노키오가 아파하지 않은 이유는 무엇인가요?

예시 나무 인형 피노키오는 사람처럼 말도 하고 움직일 수도 있었지만, 마음이 없었기 때문에 아프지는 않았다.

4. 제페토 할아버지가 왜 다쳤냐고 물었을 때, 피노키오가 대답하자 피노키오의 코가 갑자기 길어졌는데, 그 이유는 무엇인가요?

예시 피노키오는 자신의 손가락과 발가락이 부러진 이유를 설명하면서 거짓말을 했다. 피노키오가 거짓말을 할 때마다 피노키오의 코가 점점 길어졌다.

5. 피노키오는 제페토 할아버지가 손가락과 발가락을 고쳐 준 것에 대해서 어떤 마음을 느꼈나요?

예시 피노키오는 고마움을 느꼈지만 그 느낌이 고마움인지는 몰랐다. 그저 몸속이 전구를 켜 놓은 것처럼 환해지고 따뜻해졌다는 것만 알았다.

6. 피노키오는 제페토 할아버지에게 착한 일을 하고 싶어서 학교에 가겠다고 합니다. 피노키오는 무사히 학교에 갈 수 있었나요?

예시 학교 가는 길에 북소리를 듣게 된 피노키오는 음악이 들리는 쪽으로 점점 가게 되었고, '인형극 공연'을 보러 천막 안으로 들어가느라 학교에 가지 못했다.

7. 파란 머리 요정을 만난 피노키오는 거짓말을 하다 또다시 코가 길어지고 말았어요. 파란 머리 요정은 피노키오의 코를 어떻게 줄여 주었나요?

예시 파란 머리 요정이 창문을 열고 손뼉을 치자 어디선가 딱따구리들이 몰려와 피노키오의 코를 쪼아댔다. 그러자 순식간에 피노키오의 코가 원래 크기로 줄어들었다.

8. 피노키오가 집에 가다가 만난 여우와 고양이는 피노키오가 금화를 가지고 있다는 것을 알고 무어라고 꾀었나요?

예시 올빼미 마을에 있는 '기적의 들판'에 작은 구덩이를 파서 금화 한 개를 묻고 그 위에 샘물을 두 양동이 붓고 소금을 한 움큼 던진 뒤 하룻밤 뒤에 가 보면, 금화가 주렁주렁 열린 황금 나무가 된다고 말했다.

9. 피노키오가 파티에 친구들을 초대하기 위해 마을로 갔다가 램프 심지를 만나는데, 램프 심지는 어떤 아이였나요?

예시 학교에서 제일 게으르고 말썽꾸러기인 램프 심지는 피노키오에게 아침부터 저녁까지 장난감을 가지고 재미있게 놀기만 한다는 '장난감 마을' 이야기를 해 주었다. 피노키오는 결국 파란 요정과의 약속을 잊어버리고 램프 심지와 함께 장난감 마을로 떠났다.

10. 장난감 마을에서 실컷 놀기만 하던 피노키오가 당나귀가 된 것은 무엇 때문인가요?

예시 학교 다니기를 싫어하면서 날마다 장난감으로 시간을 보내는 게으름뱅이들은 작은 당나귀로 변하게 된다고 법에 적혀 있기 때문이다.

11. 바다에 내던져진 피노키오는 어마어마하게 큰 식인 상어에게 잡아먹히게 되는데, 거기에서 누구를 만나게 되나요?

예시 상어 배 속에서 작은 불빛을 발견하고 그곳까지 갔을 때 피노키오는 뜻하지 않게 제페토 할아버지를 만났다. 제페토 할아버지는 2년 전 배를 탔다가 폭풍우에 휘말려 식인 상어에게 잡아 먹히게 되었다.

생각 나누기

1. 학교에 가지 않고 장난치고 놀기만 하는 피노키오가 나의 친구라면 어떤 충고를 해 주고 싶나요? 왜 학교에 가야 하는지에 대해 자세하게 설명해 주세요.

2. 여러분도 피노키오처럼 거짓말을 한 적이 있나요? 아주 작은 거짓말이라도 하다 보면 습관이 되기 때문에 시작하면 안 되겠지요? 만약 거짓말하는 사람에게 벌을 준다면 코가 길어지는 대신 어떤 벌을 주고 싶나요?

3. 피노키오는 여우와 고양이에게 속아 금화도 잃고 실컷 고생만 했어요. 좋은 친구와 나쁜 친구를 구분하지 못한 것이지요. 여러분은 좋은 친구와 나쁜 친구를 어떻게 구분하는지 생각해 보세요.

4. 피노키오는 마음이 없을 때는 제페토 할아버지의 속을 크게 썩이는 아들이었어요. 최근에 부모님 속을 썩인 일이 있는지 생각해 보고, 어떻게 반성을 했는지도 써 보세요.

신 나게 활동하기

- 말썽쟁이 피노키오를 볼 때마다 제페토 할아버지는 한숨이 나왔을 거예요. 피노키오와 제페토 할아버지의 입을 빌려 엄마에게 하고 싶은 말, 아이에게 하고 싶은 말을 써 보세요.

신 나게 활동하기

- 자신의 잘못을 깨닫고 착한 어린이가 되어 제페토 할아버지를 기쁘게 해 드린 피노키오에게 '착한 어린이' 상장을 만들어 주세요.

- 상 장

부문 : 착한 어린이상

이름 : 피노키오

위 학생은

년 월 일

드림

• <피노키오>를 재미있게 읽었나요? 오래오래 기억에 남을 수 있도록 독서 기록장을 정리해 보세요.

책 제목

지은이

등장인물

읽은 날짜 년 월 일 ~ 년 월 일

줄거리

느낀 점

생생 독후감

〈피노키오〉를 읽고

피노키오가 거짓말을 할 때마다 코가 길어지자 너무 불쌍해 도와주고 싶다가도 '어쩔 수 없다' 하는 생각도 들었다. 또 피노키오가 거짓말을 할 때마다 코가 점점 길어지는 장면을 보면서는 '이런 일이 진짜로 일어난다면 이 세상은 어떻게 될까?'라는 생각이 들었다.

피노키오가 파란 머리 요정과의 약속을 지키지 않아 당나귀가 되어 엄청 고생할 때와 커다란 상어 배 속에서 아빠를 만난 뒤에 착한 사람이 되는 내용이 재미있었다. 이 장면이 영화로 만들어진다면 처음에는 웃다가도 피노키오가 병든 아빠에게 우유를 마시게 하기 위해 물 양동이를 힘들게 들고 다니는 장면은 감동적이어서 인기가 많을 것 같다.

나는 이 책을 친구들한테 보여 주고 싶다. 왜냐하면 이 책을 읽게 되면 게으름을 피우거나 거짓말을 하지 않을 수가 있기 때문이다. 나도 이제부터 착한 일을 많이 해야겠다는 생각을 했다.

서울 반원초등학교 김예원